Les Gentlemen

Texte de CASTELLI , dessins de TACCONI

L'épée du Roi Arthur

HACHETTE

Imprimé en Belgique
Dépôt légal n° 3216 - 3° trimestre 1981
57.76.3212.01
ISBN 2.01.008169.2
Loi N° 49-956 du 16 juillet 1949
sur les publications destinées à la jeunesse - dépôt 9.81
D/1981/3299/27

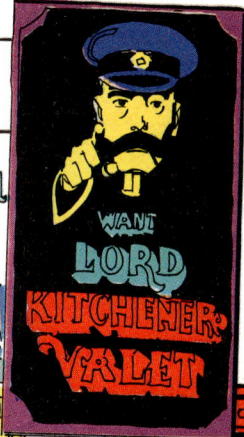

CONESBY, LA PLUS CÉLÈBRE SALLE DE VENTE DE LONDRES. À COUPS DE MILLIERS DE LIVRES STERLING, LES COLLECTIONNEURS S'Y DISPUTENT LES OBJETS RARES...

LADIES ET GENTLEMEN, VOICI À PRÉSENT LA PIÈCE LA PLUS IMPORTANTE...

IL S'AGIT D'UNE ÉPÉE DONT LA POIGNÉE D'OR FINEMENT CISELÉE, DATE DU XI° SIÈCLE. CERTAINS JOURNAUX ONT PARLÉ D'ESCALIBOR, L'ÉPÉE DU ROI ARTHUR. NOS EXPERTS N'ONT PAS VOULU CONFIRMER CETTE ATTRIBUTION.

LE TRAVAIL DÉLICAT DE LA POIGNÉE JUSTIFIE CEPENDANT UNE OFFRE DE BASE DE 20.000 LIVRES...

UNE BROUTILLE... POUR UN TRUC DÉNICHÉ CHEZ UN BROCANTEUR!

ACH! LES ANGLAIS SONT RICHES!

EXCUSEZ-MOI D'INTERROMPRE VOS CONSIDÉRATIONS, MAIS AVEZ-VOUS VU QUI EST ASSIS LÀ, DEVANT...

QUI? CE BON VIEUX MIKE? OUI, JE L'AI VU...

PAS LUI, CHER COMTE... PLUS À DROITE...

AH, JE VOIS! GAWAYN! QU'EST-CE QUE CE PERSONNAGE PLUTÔT LOUCHE FAIT ICI? COMME DIT LE POÈTE: "VIVEZ ET LAISSEZ VIVRE!"

SI TOUT VA BIEN, DANS QUELQUES HEURES, L'ÉPÉE EST À NOUS...

TOUT IRA BIEN, PATRON!

T-CLANK

③

5

8

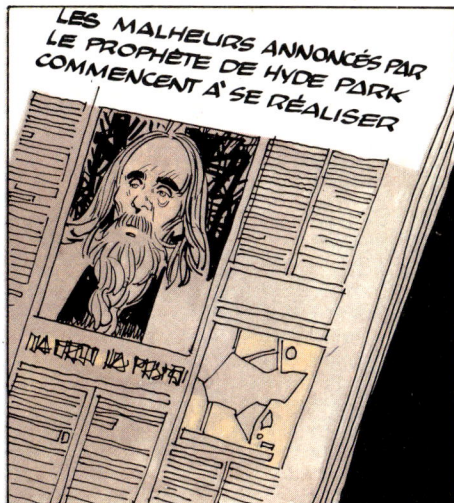

LES MALHEURS ANNONCÉS PAR LE PROPHÈTE DE HYDE PARK COMMENCENT À SE RÉALISER

LES JOURNALISTES ÉCRIVENT VRAIMENT N'IMPORTE QUOI!

ESTIMEZ-VOUS CONTENT, MON CHER MIKE!

AURIEZ-VOUS PRÉFÉRÉ COMME TITRE: "LA POLICE A REÇU SUR LE NEZ UN COUP D'ÉPÉE DE 20.000 LIVRES..."?

OU BIEN: "COMME D'HABITUDE, SCOTLAND YARD EN ÉCHEC"?

JE VOUS EN PRIE, COMTE!

JE NE ME FAIS PAS À VOTRE HUMOUR! DÉJÀ QUE GAWAY SE MOQUE DE NOUS...

VOUS NE L'AVEZ PAS ARRÊTÉ?

SANS CHARGES? NOUS N'AVONS QUE DES PRÉSOMPTIONS...

9

PERSONNE NE PEUT PRÉTENDRE L'AVOIR VU SORTIR DE CHEZ CONESBY AVEC L'ÉPÉE SOUS LE BRAS, ET LES DEUX GARDES N'ONT VU QU'UN ÉCLAIR!

NOUS EN SOMMES RÉDUITS À CONFRONTER LES TÉMOIGNAGES, ET NOTRE SUSPECT CONSERVE LA PLUS GRANDE LIBERTÉ.

MAIS LES GENTLEMEN ONT UN COMPTE PERSONNEL À RÉGLER AVEC CET INDIVIDU...

CE QUI M'ÉVITE D'AVOIR À DEMANDER VOTRE AIDE...

C'EST TOUT JUSTE SI NOUS AVONS PU APPRENDRE QUE GAWAYN ÉTAIT PARTI POUR L'ITALIE. UN AMI D'INTERPOL, À MILAN, A RÉUSSI À RETROUVER NOTRE HOMME...

...À MODÈNE, UNE PETITE VILLE D'ÉMILIE. MAIS NOUS NE POUVONS DEMANDER À LA POLICE ITALIENNE DE SURVEILLER GAWAYN : ILS MANQUENT D'HOMMES...

BIEN ENTENDU, MON VIEUX MIKE...

DES VACANCES ITALIENNES NE NOUS DÉPLAIRAIENT PAS DÈS QUE NOUS AURONS RÉCUPÉRÉ LE GLAIVE DE JULES CÉSAR, NOUS VOUS TÉLÉPHONERONS.

L'AÉROPORT DE GATEWICK, À QUELQUES MILES DE LONDRES. UN AVION DE LIGNE DÉCOLLE À DESTINATION DE L'ITALIE.

HM! C'EST QUOI CET APPAREIL?

UN CADEAU POUR UN AMI PASSIONNÉ DE MUSIQUE ANGLAISE.

UN APPAREIL RADIO, ALORS?

C'EST ÇA! QUI NE CAPTE QUE LES ÉMETTEURS ANGLAIS.

BON, PASSEZ!

QUE LES PROGRAMMES ANGLAIS?..

10

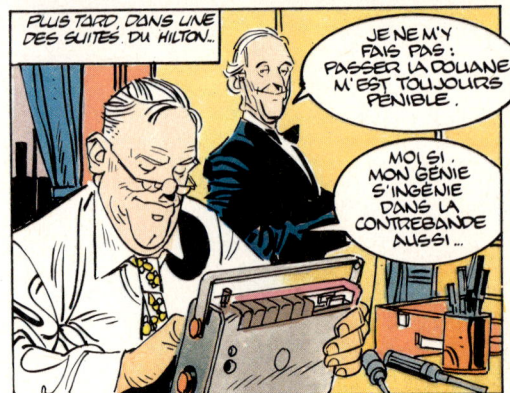

PLUS TARD, DANS UNE DES SUITES DU HILTON...

JE NE M'Y FAIS PAS : PASSER LA DOUANE M'EST TOUJOURS PÉNIBLE.

MOI SI. MON GÉNIE S'INGÉNIE DANS LA CONTREBANDE AUSSI...

SEUL UN SPÉCIALISTE POURRAIT SE DEMANDER COMMENT FONCTIONNE CETTE RADIO...

...OU COMMENT PEDRO ÉCRIT AVEC CE GENRE DE STYLOS!

ET CECI N'EST PAS DESTINÉ À SÉCHER LA BARBE DE MOOSE APRÈS LE POTAGE...

...NON, C'EST UN ÉMETTEUR TRAVAILLANT SUR LES BANDES DE LA RÉGIE AÉRIENNE.

MODÈNE, À 170 KM DE MILAN ET 30 DE BOLOGNE, FUT FONDÉE PAR LES ROMAINS EN L'AN 183, EN MÊME TEMPS QUE PARME...

SOUS LA NOBLE AUTORITÉ DE LA FAMILLE ESTENSI, ELLE CONNUT UNE GLOIRE ARTISTIQUE FASTUEUSE. ON VOIT ICI LE CÉLÈBRE PALAIS DUCAL, RÉSIDENCE DE FRANÇOIS Ier.

CECI EST LA CATHÉDRALE, COMMENCÉE EN 1099, ON RACONTE QUE...

BOF! TOUJOURS PAREIL! NOS VOYAGES NE SONT QU'UNE INTERMINABLE LEÇON D'HISTOIRE DE L'ART!

IL Y A D'AUTRES CHEFS-D'ŒUVRE DANS CETTE VILLE: TORTELLINI, CHIANTI, SALAMI!

JE CROIS SAISIR TON ALLUSION DÉLICATE MON BON MOOSE...

...MAIS J'AIMERAIS JETER UN COUP D'ŒIL SUR CET ÉDIFICE. NOUS REPRENDRONS NOTRE CHASSE...

...TOUT DE SUITE APRÈS. LES HÔTELS NE SONT PAS SI NOMBREUX...

CONTRAIREMENT AUX AUTRES ÉGLISES LOMBARDES, CELLE-CI FAIT APPEL À LA PIERRE PLUTÔT QU'À LA BRIQUE...

WELL! EST-CE POSSIBLE?

QUOI DONC, MON ONCLE?

LE PORTAIL! REGARDEZ!

11

13

QUOI? DEUX CAVALIERS QUI SE BATTENT? C'EST BANAL!

WELL, EN DÉPIT DE MON ÂGE, JE PARVIENS À LIRE L'INSCRIPTION QUI SE TROUVE EN DESSOUS...

ARTURUS REX CONTRA GAVANILUM CASTRUM VINTOGELTA DEFENDET.

ARTURUS REX... C'EST LE ROI ARTHUR, ÇA?

ACH! LE ROI ARTHUR DÉFENDANT LE CHÂTEAU DE GENEVIÈVE CONTRE GAWAYN!

SELON LA LÉGENDE ARTHUR AURAIT ÉTÉ TRAHI PAR GAWAYN ET VOILÀ QU'AUJOURD'HUI UN AUTRE GAWAYN LUI VOLE SON ÉPÉE!

MAIS QUE FAIT ARTHUR EN ITALIE? N'A-T-IL PAS VÉCU EN ANGLETERRE?

COMME DIT LE POÈTE : "CHAQUE HOMME EST UN MYSTÈRE CHAQUE MYSTÈRE CACHE UN HOMME."

S'IL FAUT EN CROIRE HARKER, DIVERS TÉMOIGNAGES AFFIRMENT QU'ARTHUR AURAIT PARTICIPÉ À LA 1ère CROISADE LE POINT DE DÉPART POUR LA TERRE SAINTE SE TROUVAIT EN ITALIE, À OTRANTE.

HARKER

MAIS POURQUOI UN FRONTON DE MODÈNE RAPPELLE-T-IL CELA? ET D'UNE ÉGLISE, ENCORE BIEN!

LES ARCHIVES DE LA SACRISTIE NOUS LE DIRONT PEUT-ÊTRE, MAIS IL FAUDRA ATTENDRE, CAR LES ÉGLISES ITALIENNES SONT FERMÉES À MIDI.

PROFITONS-EN POUR ALLER MANGER!

À L'AIDE!

? ? ?

C'EST FICHU! ADIEU, TORTELLINI!

JE CROIS QUE CETTE FOIS NOUS SOMMES SUR LA BONNE PISTE. TU AS UNE PREUVE, PEDRO?

ON PEUT TOUJOURS ESSAYER...

PLIK!

16

18

20

VOL A.T.I...
POUR BARI...
DERNIER APPEL!

SSHHHHHH...

COMME DIT LE
POÈTE : PRÉCISÉMENT
AU DERNIER
INSTANT...

ET À
PRÉSENT?

À DIRE VRAI,
JE NE SAIS PAS,
PAS D'AVION POUR BARI
AVANT DEMAIN. PAR LE
TRAIN OU LA ROUTE,
IL NOUS FAUDRAIT
HUIT HEURES...

SI NOUS POUVIONS
GAGNER OTRANTE
AVANT
LES AUTRES...
ET CHERCHER
À L'AISE...

OTRANTE?

HARKER

OUI, J'AI JETÉ UN COUP
D'ŒIL SUR LE LIVRE
DE HARKER PENDANT
QUE NOUS ROULIONS
À LA CATHÉDRALE
D'OTRANTE SE TROUVE
UNE MOSAÏQUE
REPRÉSENTANT
LE ROI ARTHUR...

ET PUISQU'ALLEN
NOUS A DEMANDÉ DE NE
PAS MÊLER À CELA LA
POLICE
ITALIENNE...

...NOUS ALLONS NOUS
EN REMETTRE AUX
SEULS TALENTS DE
KURT, ÉCOUTEZ...

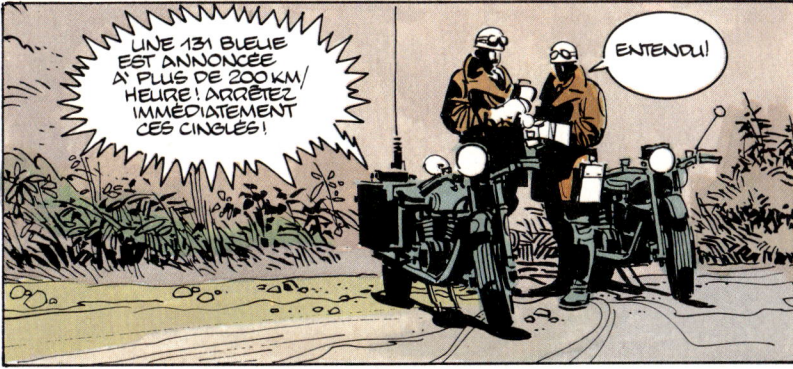

CENTRE IMPORTANT DU COMMERCE AVEC L'ORIENT, OTRANTE FUT AUSSI LE POINT D'EMBARQUEMENT DES CROISÉS VERS LA TERRE SAINTE.

...LE ROI ARTHUR, TEL QUE LE REPRÉSENTE L'IMMENSE MOSAÏQUE DE LA CATHÉDRALE, AUX ENVIRONS DE 1162.

REX ARTVAVS

FANTASTIQUE! L'ARBRE DE VIE DE LA VIEILLE TRADITION HÉBRAÏQUE...

ET LÀ, LE ROI ARTHUR AU-DESSUS DU CERCLE ENFERMANT LE SIGNE ZODIACAL DES POISSONS.

ON N'A PAS FINI DE DÉCHIFFRER TOUT CELA!

LE VRAI PROBLÈME, C'EST DE LOCALISER LA FAUSSE TOMBE, POUR AUTANT QU'ELLE EXISTE!

LE PROBLÈME, C'EST AUSSI DE NE PAS TROUBLER L'OFFICE RELIGIEUX EN COURS!

PUIS-JE VOUS ÊTRE UTILE, MESSIEURS?

WELL... EN VÉRITÉ, JE NE SAIS PAS... LE FAIT EST QUE...

J'AI VU VOTRE INTÉRÊT POUR LE ROI ARTHUR... C'EST CURIEUX, VRAIMENT!

ET POURQUOI DONC, MON PÈRE?

PARCE QU'UN AUTRE ANGLAIS M'A QUESTIONNÉ LÀ-DESSUS. UN HOMME QUI M'A SEMBLÉ PLUTÔT EXALTÉ...

AH, BON!

BY JOVE! IL Y A LONGTEMPS DE CELA?

HIER, JE LUI AI EXPLIQUÉ QUE LES YEUX DU ROI REGARDAIENT UNE PORTE. ON DIT QUE C'EST L'ENTRÉE D'UNE CAVERNE OÙ ARTHUR AURAIT PASSÉ TROIS JOURS ET TROIS NUITS À PRIER AVANT DE PARTIR COMBATTRE LES INFIDÈLES.

CETTE CAVERNE EXISTE-T-ELLE ENCORE? ET SAVEZ-VOUS OÙ?

VOTRE COMPATRIOTE SEMBLAIT AUSSI ANXIEUX QUE VOUS DE SAVOIR... C'ÉTAIT UN ARTISTE, AVEC UN GRAND TUBE DE CARTON SOUS LE BRAS, POUR TRANSPORTER DES DESSINS...

LA CAVERNE EST TOUT PRÈS DU CHÂTEAU, SOUS LE ROCHER QUI SURPLOMBE LA MER. MAIS C'EST DANGEREUX! ON DIT QU'IL Y A DES APPARITIONS!

LÀ-BAS! DANS LE FOND! REGARDEZ!

UNE LETTRE A, COMME CELLE DE LA PIERRE TOMBALE DE MODÈNE!

PAS D'INTERSTICES! ON DIRAIT UN MUR D'UN SEUL TENANT...

REGARDE BIEN, PEDRO... IL DOIT Y AVOIR...

CE N'EST PAS DU ROC! C'EST DE LA CALCITE... UNE COUCHE QUI DOIT DISSIMULER QUELQUE CHOSE...

C'EST MON AFFAIRE! PLUS VITE ON AURA TERMINÉ, PLUS TÔT ON POURRA MANGER, ÉCARTEZ-VOUS!

TUMP!

CRASH!

BY JOVE! LA PORTE QUI FIGURAIT SUR LA MOSAÏQUE!

DU MÉTAL MASSIF! ET FERMÉE À CLÉ BIEN SÛR!

ACCORDEZ-MOI TROIS MINUTES, LES PETITS!

HM... JE VOIS...

ALLONS-Y, ALONZO!

SEO SUNNE
IMBSHINT THONE
BLINDAN AND
SE BLINDA
NE GESIETH
SUNNAN LEOMAN!

QU'EST-CE
QU'IL DIT ?

C'EST DE
L'OLD ENGLISH *
LE SOLEIL
ENVELOPPE
LES AVEUGLES,
MAIS LES AVEUGLES
NE LE VOIENT
PAS !

* L'OLD ENGLISH EST ENCORE
ENSEIGNÉ DANS
CERTAINES UNIVERSITÉS
ANGLAISES.

AHHHHH !

SUIVEZ-MOI...
LES MÉCHANTS
SONT
EN DÉROUTE !

CURIEUX, ÇA !
SEUL GAWAYN
ET SES HOMMES
SONT
AVEUGLÉS !

FANTASTIQUE
CETTE LUMINOSITÉ !
JE FINIRAI
PAR CROIRE
QUE...

IL FAUT TE RENDRE
À L'ÉVIDENCE,
KURT !
LES PROPRIÉTÉS
DE L'ESCALIBOR
SONT TELLES QUE
LE VEUT LA
LÉGENDE.

L'ÉPÉE PERDAIT CEPENDANT
DE SON IRRÉELLE CLARTÉ AU FUR
ET À MESURE QUE GRANDISSAIT
LA LUMIÈRE DU JOUR...

PEU APRÈS...

OHHH !

32

IL S'EST ÉVANOUI ! AIDEZ-MOI...

MAIS... MAIS C'EST...

LE PROPHÈTE DE HYDE PARK ! CELUI QUI PRÉTENDAIT RÉINCARNER LE ROI ARTHUR !

HM ! PAS DE JUGEMENT HÂTIF, MES AMIS ! SON VISAGE ME RAPPELLE QUELQU'UN ...

OHHH !

OÙ SUIS-JE ? QUE M'EST-IL ARRIVÉ ?

VOUS ÊTES REVENU PARMI LES MORTELS, PROFESSEUR HARKER !

VOUS... VOUS ME CONNAISSEZ ? MAIS... CETTE ÉPÉE ... GRANDS DIEUX !

C'EST L'ESCALIBOR !

EXACT PROFESSEUR ! CELA PROUVE QUE VOTRE THÉORIE ÉTAIT VRAIE.

MAIS, MON ONCLE, CET HOMME EST VRAIMENT LE PROFESSEUR HARKER ?

N'EST-CE PAS MERVEILLEUX ? AU COURS DE CETTE AVENTURE, SON AIDE NOUS FUT PRÉCIEUSE...

...CAR IL EST L'AUTEUR DE CET OUVRAGE SUR LE ROI ARTHUR QUI NOUS A TANT SERVI. VOICI L'HOMME QUI PRÉTEND QU'IL S'AGIT BIEN PLUS QUE D'UNE SIMPLE LÉGENDE ...

OUI, VOILÀ L'HOMME QUI FUT PUBLIQUEMENT RIDICULISÉ AU POINT QU'IL DUT QUITTER LES MILIEUX ACADÉMIQUES...

MON DIEU... TOUT CELA EST SI CONFUS...

DEPUIS DES ANNÉES, JE VIS DANS L'OMBRE, OUBLIÉ DE MES COLLÈGUES. L'UNIVERSITÉ N'EST PLUS QU'UN LOINTAIN SOUVENIR...

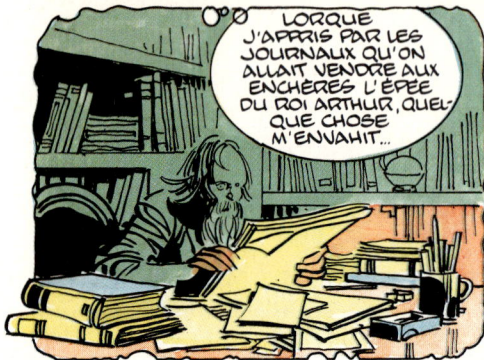

LORSQUE J'APPRIS PAR LES JOURNAUX QU'ON ALLAIT VENDRE AUX ENCHÈRES L'ÉPÉE DU ROI ARTHUR, QUELQUE CHOSE M'ENVAHIT...

...COMME UNE MALADIE QUI AURAIT COUVÉ LONGTEMPS... UN VÉRITABLE DÉDOUBLEMENT DE PERSONNALITÉ...

J'ABANDONNAI LA PAIX DE MON REFUGE POUR DEVENIR LE PROPHÈTE DE HYDE PARK...

LE JOUR DE LA VENTE, JE SUIS ENTRÉ DANS LA FOULE ET J'AI RÉUSSI À COUPER LE COURANT!

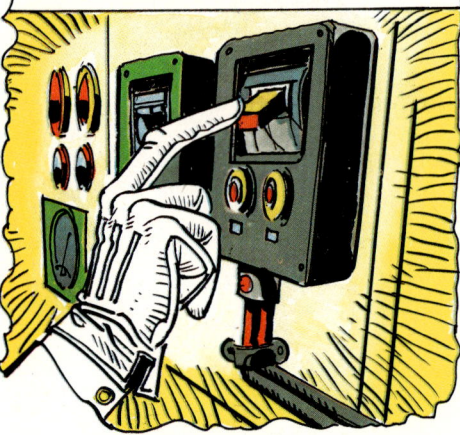

J'AI DÉCOUVERT, JE NE SAIS COMMENT, LE CABINET OÙ L'ON VENAIT DE REMISER L'ÉPÉE. J'ALLAIS LA SOUSTRAIRE À SON TRISTE DESTIN!

HÉ LÀ! QUE FAITES-VOUS ICI?

NE RESTEZ PAS LÀ! SORTEZ!

À PEINE AVAIS-JE MIS LA MAIN SUR L'ÉPÉE, QU'UNE FORCE PRODIGIEUSE ME PÉNÉTRA, UNE SENSATION DE PUISSANCE INVINCIBLE...

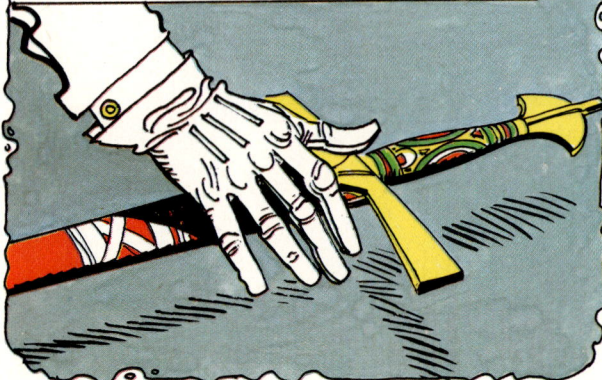

JE DÉSIRAI INTENSÉMENT QUE LES DEUX POLICIERS SOIENT MIS HORS DE COMBAT, ET L'ÉPÉE M'EXAUÇA!

J'AI FUI DANS LES RUES DE LONDRES... ON ESSAYA DE ME SUIVRE EN VOITURE...

32

34

C'ÉTAIT LA BANDE DE GAWAYN. ILS PENSAIENT QUE VOUS ÉTIEZ DES NÔTRES. NOUS LES AVONS SUIVIS À NOTRE TOUR...

CAR VOUS PENSIEZ QU'ILS AVAIENT L'ESCALIBOR! EN FAIT, C'ÉTAIT MOI!

EN EXAMINANT LA POIGNÉE, J'AI DÉCOUVERT LES LIEUX INDIQUÉS: MODÈNE, OTRANTE ET GLASTONBURY...

J'AI PRIS LE TRAIN, AFIN DE FRANCHIR PLUS FACILEMENT LES DIVERSES DOUANES, CAR J'EMPORTAIS L'ESCALIBOR AVEC MOI. JE VOULAIS REJOINDRE OTRANTE ET COMME ARTHUR, PRIER DANS LA GROTTE AVANT DE ME METTRE EN QUÊTE D'AVALON...

VOUS SAVEZ LE RESTE. CACHÉ DANS L'OMBRE, JE NE SUIS INTERVENU QUE LORSQUE GAWAYN VOUS A MENACÉS...

ET VOUS NOUS AVEZ SAUVÉ LA VIE!

C'EST LE CHOC EN RETOUR DE LA PUISSANCE DÉGAGÉE PAR ESCALIBOR QUI M'A FAIT RETROUVER LA RAISON...

VOILÀ QUI VOUS INTÉRESSERA, Mr HARKER. JE L'AI RAVI À GAWAYN AVANT DE QUITTER LA GROTTE...

...!

LA CROIX DE MODÈNE! LE REBUS EST COMPLET!

WELL! IL NOUS RESTE À AVERTIR INTERPOL ET À REGAGNER LONDRES...

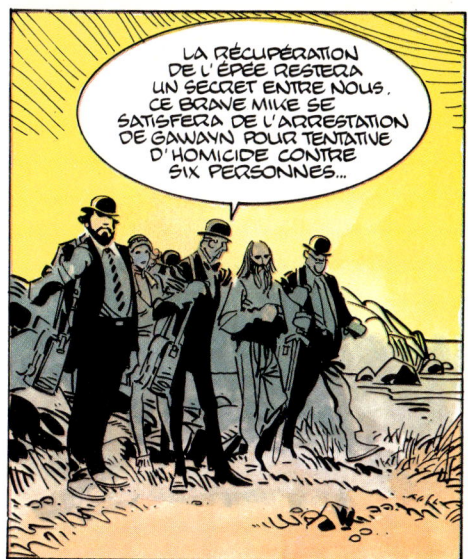

LA RÉCUPÉRATION DE L'ÉPÉE RESTERA UN SECRET ENTRE NOUS. CE BRAVE MIKE SE SATISFERA DE L'ARRESTATION DE GAWAYN POUR TENTATIVE D'HOMICIDE CONTRE SIX PERSONNES...

QUAND LE VIEUX LONDRES DORT, LES GENTLEMEN TRAVAILLENT, DIT UN DICTON PROPRE A' SCOTLAND YARD...

LA POIGNÉE EST BIEN DU IIe SIÈCLE. MAIS LA LAME RESTE UN MYSTÈRE...

POUR LE SPECTROSCOPE, ELLE EST CONSTITUÉE D'ÉLÉMENTS INCONNUS...

EN REVANCHE, LE GEIGER RÉVÈLE UNE RADIO-ACTIVITÉ TOUT. A' FAIT DÉLIRANTE!

JE PENSE QUE GRÂCE AUX CROIX NOUS ALLONS DÉCOUVRIR BIEN D'AUTRES MYSTÈRES...

REGARDEZ PLUTÔT... CES DEUX CROIX ONT ÉTÉ SCIÉES HORS D'UN MÊME BLOC DE MÉTAL. CE CÔTÉ-CI EST LISSE, TANDIS QUE L'AUTRE GARDE LES TRACES DE LA SCIE, TOUS DEUX S'EMBOÎTENT PARFAITE-MENT...

...COMME CECI.

34

UNE SORTE DE PUZZLE...

C'EST VRAI!

...AUQUEL IL MANQUERAIT UNE PIÈCE. VOYEZ CE CÔTÉ... IL EST ÉGALEMENT SCIÉ...

N'AVEZ-VOUS PAS PARLÉ D'UNE TROISIÈME CROIX, A' GLASTONBURY? LA POIGNÉE DE L'ÉPÉE MENTIONNAIT...

VOUS AVEZ RAISON. LE PLAN GRAVÉ SUR LA GARDE INDIQUE LA CATHÉDRALE DE CETTE VILLE.

MAIS CETTE TOMBE FUT DÉCOUVERTE EN 1191 ET LES CHRONIQUES DE L'ÉPOQUE LA DÉCRIVENT IDENTIQUE A' CELLE DE MODÈNE ET D'OTRANTE...

ELLE AUSSI CONTENAIT UNE CROIX, CONSIDÉRÉE DEPUIS TOUJOURS COMME PERDUE... MAIS JE L'AI RETROUVÉE...

LA VOICI !

ÇA ALORS !

ELLE S'EM-BOÎTE !

WELL ! JE VOIS...

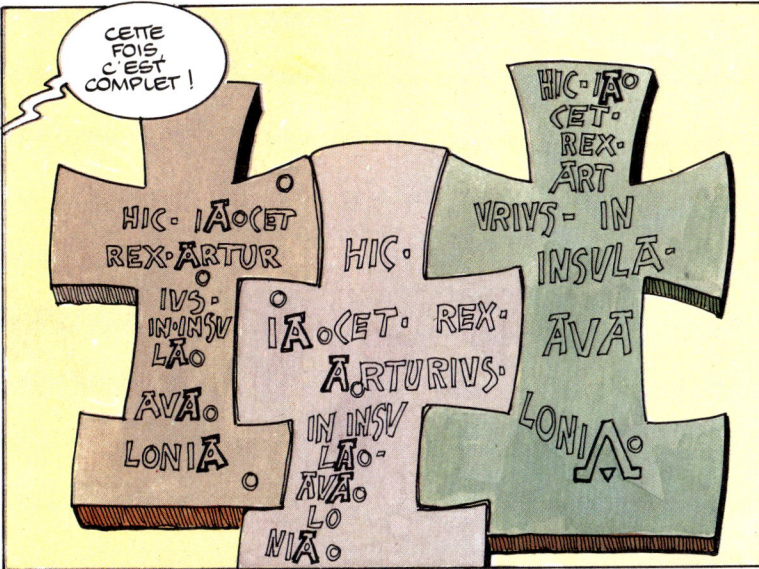

CETTE FOIS, C'EST COMPLET !

HIC · IĀOCET REX·ARTUR IVS· IN·INSU LĀO AVAO LONIĀ

HIC· IĀOCET· REX· ARTURIVS· IN INSV LĀO AVAO LO NIĀO

HIC·IĀO CET· REX· ĀRT VRIVS- IN INSULA- AVA LONIAO

MAIS PAS PLUS FACILE À DÉCHIFFRER POUR AUTANT !

MÊME VOS ANCÊTRES ÉTAIENT COMPLIQUÉS ! POURQUOI NE PAS DIRE SIMPLEMENT: LE SECRET EST LÀ !

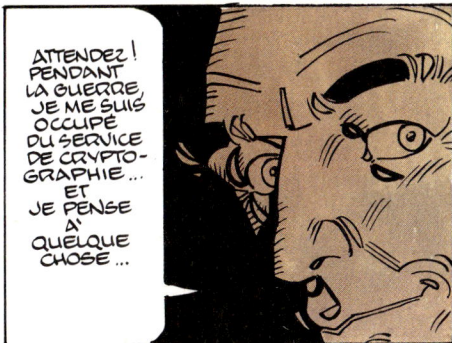

ATTENDEZ ! PENDANT LA GUERRE, JE ME SUIS OCCUPÉ DU SERVICE DE CRYPTO-GRAPHIE... ET JE PENSE À QUELQUE CHOSE...

LES INSCRIPTIONS DES 3 CROIX SONT IDENTIQUES: HIC JACET REX ARTURUS IN INSULA AVALONIA. ICI REPOSE LE ROI ARTHUR, DANS L'ÎLE D'AVALON.

MAIS ELLES SONT DISPOSÉES DIFFÉREMMENT DE CROIX EN CROIX, ET JE PENSE QU'IL Y A UNE RAISON À CELA...

35

D'AUTRE PART, TOUTES LES LETTRES "A" SONT GRAVÉES PLUS PROFONDÉMENT QUE LES AUTRES ET TOUTES SONT ACCOMPAGNÉES D'UN PETIT CERCLE...

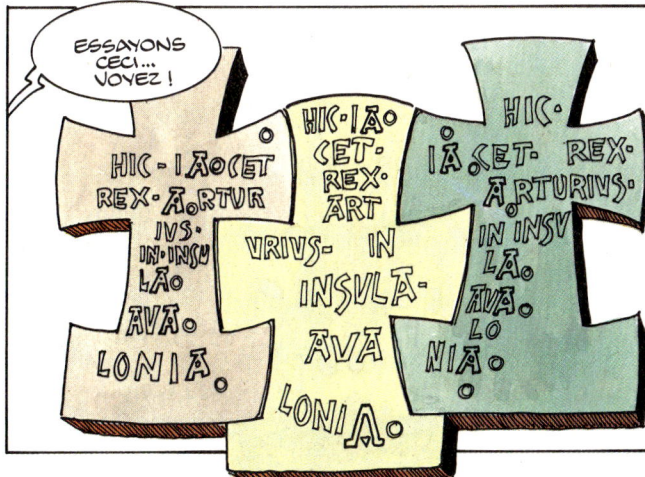

ESSAYONS CECI... VOYEZ !

HIC · IĀOCET REX· ĀORTUR IVS· IN·INSU LĀO AVAO LONIA

HIC·IĀO CET· REX· ART VRIVS- IN INSULA- AVAO LONIAO

HIC· IĀOCET· REX· ĀRTURIVS· IN INSV LĀO AVAO LO NIĀO

ACH ! LES LETTRES "A" FORMENT UN CERCLE !

ELLES ENTOURENT LES "A" DU MILIEU...

SAUF CELUI DU BAS... QUI EST MUNI D'UNE FLÈCHE, COMME À MODÈNE ET OTRANTE.

EN EFFET C'EST UNE ESPÈCE DE PLAN...

...OU UN CIRQUE! ACH!

JE CROIS AVOIR TROUVÉ!

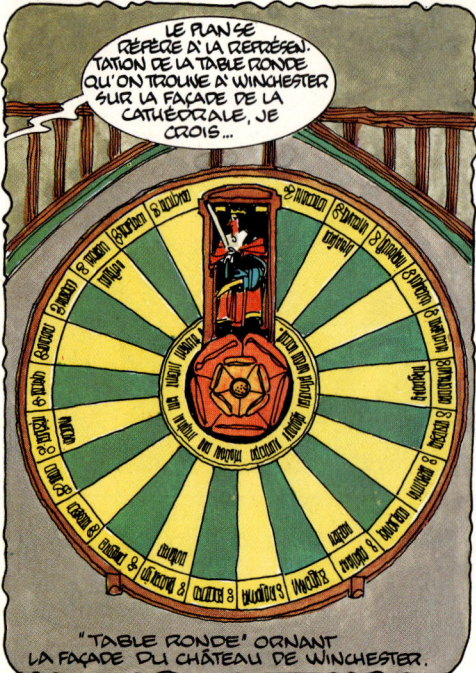

LE PLAN SE RÉFÈRE À LA REPRÉSEN-TATION DE LA TABLE RONDE QU'ON TROUVE À WINCHESTER SUR LA FAÇADE DE LA CATHÉDRALE, JE CROIS...

C'EST PLUTÔT UN PLATEAU GÉOGRAPHIQUE CELUI-LÀ. LES CHEVALIERS DEVAIENT S'APPELER "DU PLATEAU" OU DE LA PLAINE RONDE PLUTÔT...

"TABLE RONDE" ORNANT LA FAÇADE DU CHÂTEAU DE WINCHESTER.

NON, C'EST AU CHÂTEAU! ET TOUT À FAIT IMPRO-BABLE CAR ELLE DATE DE 1522 ET REPRÉSENTE LA ROSE DES TUDOR.

EN FAIT, LA CONFUSION EST D'ORDRE LINGUISTIQUE CETTE TABLE RONDE N'EST PAS LE MEUBLE SUR LEQUEL ON MANGE.

NOUS AURONS PLUS DE CHANCE EN CHERCHANT DANS UN ATLAS... VOYONS CELUI-CI... C'EST ÇA... STOKESAY... STOKESAY CASTLE...

STONEHENGE! ET VOILÀ LE PLAN DE STONEHENGE...

AVANT SA DÉMOLITION EN 1650

VOILÀ QUI RESSEMBLE BIEN PLUS À LA MOSAÏQUE D'OTRANTE...

...ET FURIEUSEMENT AU PLAN DRESSÉ PAR LE COMTE...

ET LA FAMEUSE LETTRE "A" INDIQUE UN POINT PRÉCIS!

À 200 KILOMÈTRES DE LONDRES, DANS LA PLAINE DE SALISBURY, SE DRESSE DEPUIS DES MILLÉNAIRES, UN DES PLUS TROUBLANTS MYSTÈRES ARCHÉOLOGIQUES DE LA TERRE... STONEHENGE, UN GIGANTESQUE ENSEMBLE DE PIERRES NÉOLITHIQUES ÉRIGÉES DEPUIS 4000 ANS...

ON SONGE À QUELQUE SANCTUAIRE OÙ LES DRUIDES AURAIENT CÉLÉBRÉ LEURS CRUELS SACRIFICES... OU AU CÉNOTAPHE DE L'ENCHANTEUR MERLIN. PLUS RÉCEMMENT, ET GRÂCE À L'ORDINATEUR, ON SAIT QUE LA VÉRITABLE FONCTION DE CET INCROYABLE COMPLEXE AURAIT ÉTÉ...

...MAIS OUI, CELLE D'UN OBSERVATOIRE ASTRONOMIQUE! CAR L'OMBRE PORTÉE PAR LES MONOLITHES PERMET DE DÉTERMINER AVEC UNE PRÉCISION MICROMÉTRIQUE LE MOUVEMENT DES ASTRES.

IGNORANT LES CARAVANES DE VENDEURS AMBULANTS DE SOUVENIRS QUI ENLÈVENT À STONEHENGE SON ÉTRANGE FASCINATION...

...LES GENTLEMEN ONT PRÉFÉRÉ VENIR DE NUIT QUAND LES TOURISTES LES PLUS ATTARDÉS ONT REGAGNÉ LEURS HÔTELS ET QUE LE SITE RETROUVE TOUT SON MYSTÈRE COSMIQUE.

BY JOVE! CHAQUE FOIS QUE JE VIENS ICI, JE ME SENS COMME UNE FOURMI PERDUE DANS L'IMMENSITÉ DE L'UNIVERS...

...OU QUELQUE CHOSE DU GENRE.

MES AMIS, NOUS ALLONS TENTER DE RÉSOUDRE UN MYSTÈRE, PAR LA GRÂCE D'UN BROCANTEUR, D'UNE BANDE D'ASSASSINS ET...

...DE GENTLEMEN CAMBRIOLEURS!

PAR CHANCE, L'ENDROIT N'A PAS ÉTÉ BOULEVERSÉ ET LE ROC INDIQUÉ PAR LA LETTRE "A" DOIT ÊTRE CELUI-CI...

LA SOLUTION D'UNE ÉNIGME VIEILLE DE 4000 ANS... À QUELQUES PAS DE LA CIVILISATION...

C'EST ICI...

ON DIRAIT UN BLOC COMME LES AUTRES...

IL DOIT Y AVOIR UNE MARQUE... UNE TRACE... REGARDEZ! OUI! C'EST ICI!

IL Y A UNE FISSURE DANS LE ROC... ELLE ÉTAIT COUVERTE DE MOUSSE...

ON DIRAIT L'ENTRÉE D'UNE SERRURE... MAIS IL MANQUE LA CLÉ!

AU CONTRAIRE!

RAPPELEZ-VOUS LA LÉGENDE... AVANT DE DEVENIR ROI DES BRITONS, ARTHUR DOIT ARRACHER DU ROC L'ÉPÉE QUE LUI MONTRE MERLIN...

L'ÉPÉE! L'ESCALIBOR!

APPORTEZ-LA VITE!

À VOUS L'HONNEUR, HARKER. APRÈS TOUT, VOUS L'AVEZ BIEN MÉRITÉ!

38

APRÈS QUARANTE SIÈCLES...

...L'ÉPÉE VA RETROUVER SA PLACE PRIMITIVE...

STONEHENGE, LE GIGANTESQUE COMPLEXE DE MÉGALITHES AU COEUR DU WILTSHIRE. SI QUELQUE TOURISTE ATTARDÉ S'ÉTAIT TROUVÉ SUR LE SITE, IL AURAIT ASSISTÉ À UNE SCÈNE INCROYABLE...

.. UN HOMME DU XXᵉ SIÈCLE REPRENANT LE GESTE RITUEL TRANSMIS PAR LA LÉGENDE DU ROI ARTHUR : L'ÉPÉE DANS LE ROC !

PENDANT QUELQUES INSTANTS, IL SEMBLA QU'UNE LUMIÈRE IRRÉELLE JAILLIT DE L'ÉPÉE.

PUIS...

WELL... ÉTRANGE, TOUT CELA !

GRANDS DIEUX !

39

EN L'ESPACE DE QUELQUES SECONDES, LE SITE DE STONEHENGE AVAIT FAIT PLACE À UNE IMAGE FANTASTIQUE ...

NON ! CE N'EST PAS POSSIBLE !

DITES-MOI QUE JE RÊVE ! PINCEZ-MOI, BON SANG !

?

?

SOYEZ LES BIENVENUS À AVALON, MES AMIS !

AVALON !

L'ÎLE OÙ LE ROI ARTHUR A DISPARU !

MAIS QUI...

MON NOM EST MYRDDIN... JE CONVERSE AVEC VOTRE ESPRIT ET L'ENDROIT OÙ VOUS VOUS TROUVEZ EST SITUÉ SUR VOTRE TERRE ET DANS VOTRE TEMPS, ET NON PAS QUELQUE PART DANS L'UNIVERS ...

MYRDDIN ! LE VIEUX NOM GAÉLIQUE DE MERLIN ...

VOUS M'AVEZ APPELÉ ET COMME CONVENU, JE RÉPONDS PUISQUE VOUS POSSÉDEZ LA LAME DE FORCE C'EST QUE VOUS ÊTES DIGNES DE CONNAÎTRE ...

DES IMAGES VONT SE FORMER DANS VOTRE CŒUR. CE QUI A ÉTÉ REVIVRA ET VOUS COMPRENDREZ.

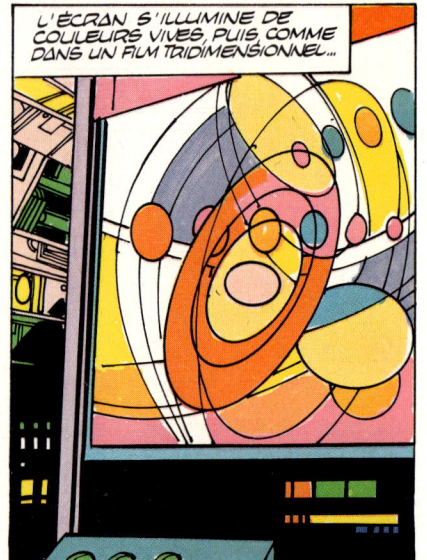

L'ÉCRAN S'ILLUMINE DE COULEURS VIVES, PUIS, COMME DANS UN FILM TRIDIMENSIONNEL...

...APPARAÎT UNE SCÈNE DATANT DE 50 OU 100.000 ANS...

THÀ !

THÀ !

THÀ !

WHEEEEEEE

...AINSI, IL Y A MILLE ET MILLE SOLEILS, J'AI RENCONTRÉ VOTRE PEUPLE SUR UNE PETITE ÎLE DE LA PLANÈTE QUE VOUS APPELEZ *TERRE*...

MERLIN SERAIT DONC...

...UN EXTRA-TERRESTRE!

NOUS AVIONS DES ENNUIS AVEC NOTRE VAISSEAU CÉLESTE ET JE M'ÉTAIS POSÉ, AVEC MES NEUF HOMMES D'ÉQUIPAGE, POUR RÉPARER.

CE SONT LES NEUF FÉES DE LA LÉGENDE.

VOTRE PEUPLE SE FAISAIT APPELER CIMBRES. TRÈS PACIFIQUE, IL FRATERNISA RAPIDEMENT AVEC MES HOMMES...

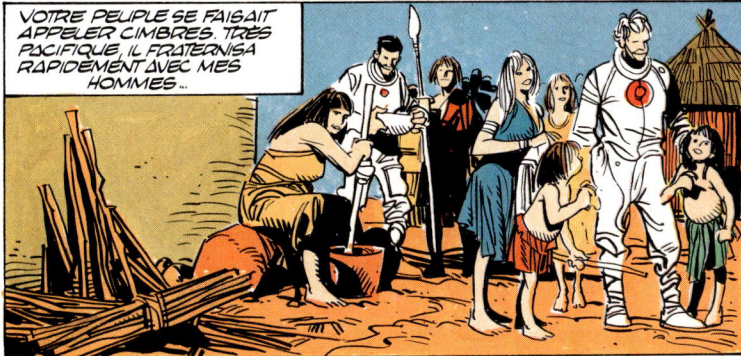

PENDANT QUE NOUS PROCÉDIONS À LA RÉPARATION NOUS LUI AVONS ENSEIGNÉ NOTRE LANGUE ET QUELQUES TECHNIQUES À LA MESURE DE SES MOYENS...

LA LANGUE DES CIMBRES! VOILÀ SON ÉTRANGE ORIGINE!

SI TOUT CECI EST UN SONGE, POURQUOI SUIS-JE ÉVEILLÉ?

NOTRE VIE TRANQUILLE FUT TROUBLÉE PAR L'ATTAQUE D'UNE TRIBU VOISINE ET FORTEMENT ARMÉE...

APRÈS AVOIR CONSULTÉ L'ÉQUIPAGE J'AI DÉCIDÉ DE FOURNIR AUX CIMBRES UN MOYEN DE DÉFENSE...

UN HOMME SE DISTINGUAIT PARMI EUX PAR SA SAGESSE SES COMPAGNONS L'APPELAIENT ART. NOUS LE PRÎMES À PART...

43

EN MESURANT LES OMBRES PROJETÉES PAR LES PIERRES AU PASSAGE DU SOLEIL ET DE LA LUNE...

...NOTRE MACHINE PENSANTE, S'APPUYANT SUR CES DONNÉES, RELEVA NOTRE POSITION DANS L'ESPACE. NOUS POUVIONS RENTRER CHEZ NOUS...

NOUS RENTRONS À LA MAISON, ART. NOUS TE LAISSONS EX·KA·BOOR. QUAND TU SERAS PRÈS DE MOURIR, TU DÉSIGNERAS UN SUCCESSEUR DIGNE DE LA PORTER...

QUAND TU L'AURAS TROUVÉ, TU LUI FERAS ENFONCER LA LAME DANS CE ROCHER.

NOUS REVIENDRONS, MAIS EN IMAGE SEULEMENT, POUR LUI RÉVÉLER LE SECRET. ET AINSI, DE SIÈCLE EN SIÈCLE...

L'ÉPÉE EST UNE CLÉ QUI DÉCLENCHE UNE SORTE DE PROTECTION MENTALE... IL FAUT DÉMONTER CETTE ROCHE, EXAMINER SA NATURE...

TOUT EST CLAIR À PRÉSENT! MA THÉORIE EST JUSTE...

...LES DOCUMENTS SONT DISCORDANTS CAR IL Y A EU DE NOMBREUX ROIS ARTHUR! ILS SE PASSAIENT L'ÉPÉE DE MAIN EN MAIN...

43

45

DE SIÈCLE EN SIÈCLE, JUSQU'EN 1100, L'ESCALIBOR FUT CONFIÉE À UNE ÉLITE QUI EN GARDA LE SECRET. EN MÊME TEMPS, NAISSAIT LA LÉGENDE...

... DES CHEVALIERS DE LA TABLE RONDE, DE MERLIN ET DES NEUF FÉES. L'HISTOIRE DE L'ÉPÉE ENCHANTÉE SE RÉPANDIT DANS TOUTE L'EUROPE...

AU XIIᵉ SIÈCLE, UN DES DESCENDANTS D'ARTHUR CRAIGNANT UN MAUVAIS USAGE DE L'ARME LA FIT DISPARAÎTRE APRÈS AVOIR GRAVÉ SUR LA POIGNÉE LE SECRET D'AVALON.

ET FINALEMENT, L'ESCALIBOR EST TOMBÉE ENTRE LES MAINS D'UN BROCANTEUR !

FAITES UN BON USAGE DE LA LAME DE FORCE. MAIS RETIREZ-LA DU ROC, SINON JE RESTERAI PRISONNIER DE CETTE VISION...

PRISONNIER D'UNE IMAGE ? C'EST TECHNIQUEMENT IMPOSSIBLE !

COMME DIT LE POÈTE : "IL Y A TOUJOURS QUELQUE CHOSE DE PLUS IMPOSSIBLE QUE L'IMPOSSIBLE". NE PRENONS PAS DE RISQUES...

NON ! ATTENDEZ !

46